ONGVANT POVR LA BRVLVRE OV Le secret pour empescher les Iesuites de bruler les liures,

A

M M M M,

ESPRIT le plus fin des espris,
Qui surprend & n'est point surpris,
Ne pourois-je point vous surprendre
Quand ie vous auray fait entendre
Que ces Ouurages si chrestiens,
Et qui n'estoient point Pharisiens,
Viennent de souffrir vn martyre,
Dont la Vertu mesme soupire.
Dans cette place où les Bouraux
Plantent leurs infames poteaux,
Ces liures qu'il falloit aprendre
Ont esté reduits tout en cendre ; les 5. & 25. Ianuier 1664.
Mais leur suplice est glorieux,
Et leur cendre va iusqu'aux Cieux.
Des cruautés si tyranniques
Les rendent presque canoniques,
Chacun d'eux estant reputé
Pour vn martyr de verité,
Et la deuotion publique
Les gardent comme vne relique.
I'ay promis vous les enuoyer
Et ie ne puis pas l'oublier ;

C.

Mais si ie manque à ma promesse
Ne m'accusez point de paresse,
Quand on promet trop promptement
C'est qu'on ayme trop ardemment,
Mon amitié tendre & senssible]
Ne se croioit rien impossible,
Mais depuis cet embrasement
Elle cherche inutilement.
C'est pourquoy i'ay fait vn dictame
Qui puisse esteindre cette flame,
Vn remede victorieux,
Qui iette de l'eau sur ces feus,
Et pour vous parler sans figure,
C'est de l'Onguant pour la brulure;
Ce remede estant preparé
Produit vn effet assuré,
Et sans doute on ne peut rien faire
Qui puisse estre plus necessaire:
Car enfin les PERES HEROS
Estans plains de feu iusqu'aux os,
Et le vomissant par la bouche
Bruleront tout ce qui les touche;
Ils vont déja sonner par tout
Que l'on n'est pas encore au bout,
Qu'il faut se donner patience
Qu'on n'a pas fait quand on commence;
Que quand les Canes vont au Champ
La premiere est toûjours deuant;
Et que ces liures de meritte
Traineront vne belle suitte.
Vous iugerez s'ils sont menteurs,
Mais ils disent que les auteurs
En bonne forme de Iustice
Sont dignes d'vn plus grand suplice,
Et que les feus sont trop humains
Pour quiconque a fait LES DESSEINS.
Tout-bau ; tout-beau, Peres Iesuites,
Vos actions sont vn peu vistes,
Vostre zele est trop emporté,
Vous aués trop de charité,

Liure intitulé Les Desseins des Iesuites representés à Messeigneurs les Euesques de l'Assemblée tenuë à Paris le 2. Octobre 1663.

De vouloir donner le martire
A ce cœur que le Ciel inſpire,
Et c'eſt aſſez pour cet autheur
Qu'il ſoit vn digne Confeſſeur.
On ſçait que ce qui vous anime
Eſt qu'il confeſſe voſtre crime,
Et iamais ſa confeſſion
N'obtiendra d'abſolution.
Encore que voſtre complaiſance
Faſſe l'argeſſe d'indulgence,
Et qu'elle en donne en vn moment
Pour iuſqu'au iour du Iugement;
Toutefois quand vn Catholique
Offenſe voſtre politique,
Et qu'il découure vos deſſeins,
Il n'eſt pour luy NY DIEV NY SAINTS,
Pecher contre la Compagnie
C'eſt faire vne offence infinie,
C'eſt plus que violer l'autel,
C'eſt vn affreux peché mortel,
Qui vous fait tous mourir de rage,
Qui vous fait bondir le courage,
Et malgré voſtre eſprit ſi beau
Vous fait creuer dans voſtre peau.
Auſſi pour en tirer vengeance
Par vne horrible violence,
Vous brulez contre l'équité
Tout ce qui dit la verité.
Les plus miraculeux ouurages,
Et les plus innocentes pages
Par vne reprobation
Qui precede toute action,
Sont iniuſtement condamnées
Auant meſmes que d'eſtre nées,
Et tout autant qu'on en fera,
Tout autant l'on en brulera,
C'eſt la ſentence extrauagante
Prononcée en la chambre ardente
D'ANNAT plus brulant qu'vn tiſon,
Et plus fort en bois qu'en raiſon.

O l'agreable Rhetorique !
O la merueilleuſe Logique !
Où l'on reſout tout ſans parler,
Où l'on ne fait rien que bruler,
Se peut-il rien de plus commode,
Que cette nouuelle methode,
Qui pour décharger les eſpris
Met dans le feu tous les eſcris?
Peut-on trouuer quelque maniere
Plus claire que cette lumiere,
Qui iette vn éclat merueilleux
Et dans l'eſprit & dans les yeux?
Toutes les methodes communes
Auroient eſté trop importunes,
L'eſprit ne s'y reconnoit pas,
Il y faut aller pas à pas,
Bien prendre toutes les meſures
Bien reconnoiſtre les figures,
Mais icy ſans raiſonnement
On reſout tout en vn moment:
Car enfin c'eſt bien tout reſoudre
Que de reduire tout en poudre,
Et c'eſt la vraye inuention
De ſortir hors de queſtion;
On en a point d'inquietude
Tout cela ſe fait ſans étude;
Et ſans apporter tant d'ergots
Il n'en coûte que des fagots.
Mais afin que le feu s'excite,
Et que le bois brule plus viſte
Les Peres ſouflent tour à tour
Et par la ville & dans la cour,
Et ſouflant à perte d'haleine,
Autant que peut ſouffrir leur haine;
On ne voit dans ce corps fumeux
Que ſoufleurs & que boutefeux;
On reconnoit meſme à leur mine
Qu'ils ont vne flame inteſtine,
Leur viſage maigre & penſif
Eſt tout plain d'vn feu corroſif,

Et

Et ces Peres épouuantables
Estant aussi noirs que les Diables,
Il semble que leur passion
Les ait reduit tout en charbon,
Mais c'est de ce charbon qui fume,
C'est de ce charbon qui s'allume
Et qui petille en ce traite
Par tout le monde si vanté
Où l'on marque en beaux carracteres
Le premier siecle de ces Peres.
Ce liure n'a pas vn fueillet
Qui ne soit plein d'vn feu follet,
Et l'on voit courrir sur ses pages
De certaines flames volages
Qui faisant égarer l'autheur
Donnent bien à rire au lecteur.
La par des lumieres suprémes
Ces Peres se peignant eux-mesmes
Prennent les traits & la couleur
D'vne flamboyante valeur;
Pensez-vous que ce soit des hommes
Comme ceux du siecle où nous sommes:
Non, non, sont de grands *Champions*,
Sont *des Aigles*, sont *des Lions*,
Enfin sont tous de grosses bestes
Qui se plaisent dans les tempestes
Et vont s'égayer dans les airs
Entre la foudre & les esclairs.
Aussi leur vanité s'escrie,
Quelle fleur de Cheualerie,
O grand Dieu quels hommes choisis,
Quels protecteurs & quels appuys,
Quels Anges, quels foudres de guerre
Pour deffendre l'Eglise en terre.
Voila certes vn bel air de Cour,
Ie veux le chanter à mon tour.
O plaisante boufonnerie,
Quelle fleur de Cheuallerie,
Quels protecteurs & quels appuys,
O grand Dieu quels hommes choisis;

Liure des Iesuites, intitulé, Image du premier Siecle de la Societé, *imprimé en 1640. où ils se donnent des loüanges prodigieuses.*

Diray-je que c'est vne Societé d'hommes ou plustost d'anges, l. 3. p. 410.

Les Iesuites sont des Heros intrepides, Image de leur premier Siecle, *p. 4 c. 1.*

Les Iesuites sont des esprits d'aigles, p. 406.

Ils sont tous des hommes masles ou plustost des lions genereux, p. 401.

Quels hommes choisis! ô Dieu immortel! quels foudres de guerre! quelle fleur de cheualerie! quels appuys! quels anges tutelaires & protecteurs de l'Eglise, p. 410.

Quels Anges, quels foudres de guerre
Pour defendre l'Eglise en terre.

Ie croy que tous ceux de cette Societé naissent le Casque en teste, p.30.

Ces Peres sont tous des Heros,
Tous d'intrepides Generaux,
Ils sont tous faits pour la Conqueste,
Ils sont tous nez le *Casque en teste*,

Chacun d'eux vaut vne armée, & vn seul de cette Societé est quelquefois victorieux de tãt d'ennemis, que vous iugeriez qu'vne grande armée n'en pourroit pas aisément autant vaincre qu'il en surmonte luy seul, p.419.

Les bras armez & le cœur haut,
Tout prests à monter à l'assaut.
Dans cette milice enflamée
Vn seul homme vaut *vne armée*,
Et met plus d'ennemis à bas
Que ne feroient vingt mille bras.
O force, ô valeur infinie!
O genereuse Compagnie!
Vit-on iamais de regiment
Qui combatit plus vaillamment?

Liure du Pere Brisacier, intitulé, Le Iensenisme confondu, *où il se vante par tout de sa vaillance & de ses proüesses, lors qu'il estoit Confesseur d'armée.*

Voicy Brisacier qui s'auance
Ce Matamore en eloquence
Ce Maistre absolu du hazar
Ce Braue & ce nouueau Cesar
Qui fait d'illustres Commentaires
Sur ce qu'il a fait dans ses guerres.

Parmy tant de seruices perilleux que i'ay rendu au public, 4. *part. p.*11.

Parmy (dit ce Pere Orgueilleux)
Tant de seruices perilleux
Que l'on m'a veu rendre à la France
I'ay fait *admirer ma vaillance*,

Ceux qui me connoissent sçauent que la peur & moy n'ont point de commerce ensemble, Aduis au Lecteur.

Et l'on sçait assez que la peur
N'a point commerce auec mon cœur:
C'est vne passion de femme
Qui n'approche point de mon ame,
Et l'on a cru que dans l'employ
La peur mesme auoit peur de moy.

Mais si ie vous presse en homme de guerre il se faut rendre à discretion, & confesser que ie ne suis pas moins expers en la guerre de l'escolle qu'en celle de la campagne, ny moins theologien que soldat, 2. *part. p.* 31.

Ie vous presse en homme de guerre
Montrez ce que vous sçauez faire
Ie viens à l'assaut contre vous
Voyons qui portera les coups:
Donne tambour, sonne trompette,
Desia ce valeureux Athlete
Par vne saluë d'argumens
A forcez les retranchemens.

Ne regardons pas dauantage
Cet inuincible personnage.
Ses efforts trop prodigieux
Nous rauiront l'ame & les yeux,
Et nous ne pourrons plus connoistre
Cet autre qui vient de parestre,
C'est D'AROVY cet eloquent
Ce Canonier du vatican,
Dont la main tousiours flamboyante
Dans vne these foudroyante
Lança tous les carraux Romains
Sur la teste des Souuerains.
Et pensa par vne surprise
Mettre en prison toute l'Eglise.
Il est grand Mathematicien
Et peut-estre vn peu Magicien;
Car à vray dire il fait des choses
Qui passent les metamorphoses,
Et parlant galimatia
Tire du sac plus qu'il n'y a;
Ouy, ce genie astrologique
Du fonds de la mathematique,
Par vne estrange inuention
A tiré l'inquisition.
O force, ô science, ô sagesse,
Ne faut-il pas que l'on confesse
Que ce grand Pere D'AROVY
A fait vn miracle inoüy.
Mais LE MOINE, cet esprit d'Ange
Est vn homme bien plus estrange,
On a beau lire, on a beau voir,
On ne sçauroit le conceuoir,
Et quoy que tout soit bien visible,
On se demande est-il possible,
Est-il possible ô iustes Cieux,
Qu'vn homme estant Religieux
Coule dans les plus belles ames
De si contagieuses flames,
Est-il possible qu'en vn temps
Où la charge de soixante ans

Ie viens à l'assaut contre vous, voyons qui l'emportera, 2. part. p. 31.

Rendez-vous donc maintenant, puisque vos retranchements sont emportez, 2. part. p. 36.

Le Pere d'Arouy, dans vne these celebre de mathematique, soustenuë dans leur College de Clermont 15. Iuin 1663. escrit qu'on n'est pas bien Chrestien quãd on ne croit pas à l'inquisition, quoy que ce Pere sache que cet iniuste tribunal absout Iean Chastel de l'assasinat qu'il commit en la personne d'Henry 4. & condamne l'Arrest du Parlement qui condamnast ce parricide.

Le Pere le Moine dans tous ses liures.

Luy fait courber la teste en terre
Il fasse vne amoureuse guerre,
Et que son cœur soit plain de feux
Quand la neige est sur ses cheueux:
Mais on voit que sa flame éclatte
Dans cette belle ODE INCARNATE,
Où le rouge est si bien vanté
Pour la couleur de la beauté,
Ce Pere y dit à sa galante
Que sa rougeur est plus brillante
Que ces feux sacrez & diuins
qui rougissent les Cherubins,
Il y contemple sa Delphine,
La prend pour vne Cherubine,
Et ce galand des Amadis
S'imagine estre entre Paradis.
Mais sentant bien que mon Genie
Ne sçauroit faire la copie
De cet ouurage sans égal
Ie l'aporte en original.

Peintures morales du P le Moine, dans l'Ode à Delphine.

Les Cherubins ces glorieux.
Composés de teste & de plume
Que Dieu de son Esprit alume.
Et qu'il esclaire de ses yeux.
Ces illustres faces volantes
Sont tousiours rouges & brulantes.
Soit du feu de Dieu. soit du leur.
Et dans leurs flâmes mutuelles
Font du mouuement de leurs ailes
Vn éuentail à leur chaleur;
Mais la rougeur éclatte en toy,
Delphine auec plus d auantage,
Quand l'honneur est sur ton visage,
Vestu de pourpre comme vn Roy.
Ce Pere dans ce beau langage,
Renonce au celeste heritage,
Et ne veut point aller aux Cieux,
Ny voir les Esprits glorieux.
A son aduis lss Demoiselles,
Sans comparaison sont plus belles,

Et leur joly corps ſi bien pris,
Valent mieux que de purs eſpris,
Ainſi tous ſes ouurages brillent,
Il n'a que des vers qui petillent,
Et ne trace tous ſes diſcours
Qu'auec les fleches des amours.
Il flatte, il muguette, il cajole,
Affecte vne vaine parole,
Parle de toutes les couleurs
Fait des bouquets de mille fleurs,
Et veut bien ſe donner la peine
D'accommoder vne Sireine,
De luy mettre ſa cheſne d'or
Sa coïffe & ſon apretador,
Apres que ſur le bord de l'onde
Il a peigné ſa treſſe blonde.
Viſtes-vous iamais rien de tel
De ſi beau, de ſi naturel,
Et ne faut-il pas que l'Orphée
Qui chante ce galand trophée,
Et qui trouue ces doux accors
Ait le demon des vers au corps.
Auſſi ce Poëte par nature,
Cet Artiſan de l'impoſture
Nous aſſure que la belle eau
De cet agreable ruiſſeau,
Sur le bord duquel il compoſe
Quelque douce mamorphoſe,
Eſt ſi propre à faire des vers
Par le bruit de ſes doux concers,
Que quand cette eau qui va ſi viſte
Seroit changée en eau-beniſte,
Retenant ſes premiers appas,
Elle ne détourneroit pas
Le demon de la poëſie,
Dont ſon ame eſt toute ſaiſie,
Et qui l'a ſi fortement prit,
Que c'eſt l'eſprit de ſon eſprit.
Cependant ces nouueaux Apoſtres
Veulent qu'on les compare aux Autres,

PLAISANCE *lettre poëtique du P. le Moine, imprimée en 1663.*

Dans la Preface de ſes peintures Morales, l'eau de la Fontaine, au bord de laquelle i'ay compoſé mes Vers, eſt ſi propre à faire des Poëtes, que quand on en feroit de l'eau beniſte elle ne chaſſeroit pas le demS de la poëſie

Optabam enim ego ipse anathema esse à Christo pro fratribus meis, ad Ro. 9.

Mais iugés par cette action
Si c'est la mesme mission.
PAVL demandoit en ses prieres
D'estre Anatheme pour ses freres,
Et LE MOINE plain de douceurs
Est Anatheme pour ses sœurs,
Pour plaire à quelques precieuses,
Pour cajoler des cajoleuses;
Ce fin galand ce bel esprit
Veut bien rompre auec Iesus-Christ.
Par vne agreable methode
Il fait des vertus à la mode,
Vne deuotion sans fiel
Et toute de sucre & de miel.
Il plante de longues allées,
De fleurs de jasmin estoillées,
Et les gens surpris tout à coup
Trouuent le Paradis au bout.
Vous trompez le monde esprit traistre,
Ce n'est qu'vn Paradis terrestre
Où les fleurs cachent vn serpent
Plus cruel que celuy d'Adam.

Liure du Pere le Moine, intitulé, deuotion aisée, *où la deuotiō est dépeinte du bel air.*

Vostre deuotion aisée
Est l'effort d'vne ame embrasée,
Qui tasche à trouuer quelque tour
Pour canoniser son Amour.
Ainsi dans vostre grand College
Vos Peres faits au Sacrilege,
Ont mis Cupidon sur l'Autel
A la place de l'Immortel.

Ænigme exposée dans l'Eglise de Clermont, le 1. Iuillet 1663.

Dans leur Ænigme épouuentable
Tous les Dieux de l'ancienne fable
Folasttoient sans habillement
A l'ombre du S. Sacrement.
IVPITER le Maistre des nuës
Auoit les cuisses toutes nuës,
Et l'on auroit franchement dit
Qu'il venoit de sortir du lict.
IVNON cette Deesse allerte
Estoit librement découuerte,

Et montroit de certains appas
Que la pudeur ne nomme pas.
A costé droit de cette belle
Le Dieu MOMVS aussi nud qu'elle
Luy iettoit vn regard brillant
Et cajoloit toute en raillant:
Cependant SATVRNE le pere
Ayant vne faux plus legere
Et rajeuny de la moitié
Luy coupoit l'herbe sous le pié.
Parmy ces plaisantes postures
Et ces chatoüilleuses figures,
CVPIDON ce petit vilain
Estoit aussi nud que la main,
Impudent comme vn petit singe,
Sans habillement & sans linge,
Et cet amour trop indiscret
N'auoit rien du tout de secret.
Voila cette adorable image
A laquelle on rendit hommage,
Et que l'on mit publiquement
Plus haut que le Saint Sacrement,
Voila cet indigne mistere
Qu'ils placent dans le Sanctuaire.
Voila ces chimeriques Dieux;
Dont ils sont les Religieux.
Pour ces faux Dieux auteurs des crimes
Ils prennent de ieunes victimes,
Dont le tendre temperemment
Peut s'enflammer en vn moment.
Ces enfans qu'on leur abandonne
Et dans qui tout le sang boüillonne,
C'est ce que leur vœu criminel
Destine à ce profane Autel.
On apelle à ce sacrifice
Les Ministres de la Iustice,
Et pour en augmenter l'honneur
On choisit le iour du Seigneur,
Au lieu des celestes loüanges
Qui font tout l'entretien des Anges.

Le iour de l'explicatiō estoit vn Dimanche, & ce iour là l'on ne dit point de Vespres.

On murmure vn certain concer
Que l'on repeté dans l'Enfer.
C'estoit assez, Peres lubriques,
Que dans ces actions publiques
Vous fussiez deuots de IVNON
Et grands Prestres de CVPIDON:
Falloit-il que vostre injustice
Allant encor de vice en vice
En brulant le Iuste & le Saint
Fit vn sacrifice à Vulcain.
Ie laisse à tant de saintes ames
A iuger quelles sont ces flames,
Et croy que tout bien consulté
C'est l'enuie & l'impureté.

Mais vn autre feu qui se glisse
C'est le brasier de l'auarice,
Et tous les membres de ce corps
Sont agitez par ses efforts.
Cette flame noire & mortelle,
Est contraire à la naturelle,
Celle-cy monte incessament;
Mais l'autre coule obliquement
Et suiuant qu'elle trouue à prendre
Elle sçait monter ou descendre.
Ces directeurs trop obligeans
Afin d'amorcer plus de gens
Font souuant de lasches descentes
Iusqu'aux pieds de leurs penitentes,
Et font pour elles tant de pas
Qu'ils s'en vont ensemble là-bas.

Escobard, Lessius, Banny. Caramuel, Vasqués, Sanchez, Heraul, Valentia Tambourin &c,

Ils ont de nouuelles maximes,
Faites pour colorer les crimes,
Accordant la Religion
Auecque l'inclination.
Suiuant leur maximes nouuelles
Les routes des Cieux sont si belles,
Et le temps si diuertissant
Qu'on y peut aller en dansant.
En faisant comme les Estoilles
Qui perçant les plus sombres voiles

Et brillant d'vn feu sans égal
Sont toutes les nuits dans le bal.
Il importe peu d'estre sage
Pour pretendre au diuin partage ;
On entre en Paradis tout droit
Pourueu qu'on ait l'esprit adroit.
Quand on sçait la ceremonie
On ne fait point de simonie,
Tout s'accommode iustement
Par le moyen d'vn compliment :
Et BAVNY maistre en l'art de plaire
Aprend la façon de le faire.
Ce Marchand tout spirituel
Qui fait vn estau de l'Autel,
Vous enseignera l'artifice
De trafiquer en benefice.
Et vous verrés que cet Autheur
Est bien digne d'estre Facteur.
Mais c'est au fonds de l'Amerique
Qu'ils tiennent leur grande boutique,
Qu'ils font des marchez de hasard
Auecque le tiers & le quart.
La regle de la Compagnie
En ce pays est bien suiuie,
Et pour conquester de l'argent
Par tout ils mettent voile au vent.
   Mais parmy ces flames cruelles,
Parmy ces flames criminelles,
Parmy ces feus d'impureté,
Et ces esclats de vanité
Parmy ces foudres de vengeance
Et ces esclairs d'extrauagance ;
Ces gens n'ont pas la moindre ardeur
Du chaste feu de la pudeur.
Soit qu'ils mentent, soit qu'ils trahissent,
On ne voit iamais qu'ils rougissent ;
Et ces Peres trop glorieux
Font rougir les autres pour eux.
I'aurois bien voulu pouuoir taire
Tous ces maux qu'ils ont osé faire,

Le P. Moine dans son liure de la deuotion aisée.

Mais cette longue verité
Estoit de la necessité,
Pour bien connoistre la nature
De mon Onguent pour la brulure.
Par l'axiome general,
Quand on veut bien guerir vn mal.
Il faut d'abord sur toutes choses
En bien reconnoistre les causes,
C'est pourquoy ie deuois parler
De ces gens qui font tout bruler,
Et par la mesme consequence
Ie dois encor en diligence
Rechercher ce que leur fureur
Entend sous cette vaine erreur
Qu'ils condamnent de Caluinisme
Et qu'ils nomment le IANSENISME:
Car enfin c'est sous ce faux nom
Que l'on iette au feu la raison.
La grand' Bande des Molinistes
Ne parle que des Iansenistes,
Et depuis plus de quatorze ans
En espouuante les enfans,
Leur faisant dire au Catechisme
Dieu nous garde du Iansenisme,
C'est vn monstre que Lucifer
A vosmy du creux de l'Enfer.
Vn de ces Peres plein de flame
Ayant long temps apris sa game,
La vint chanter en vn Sermon,
Criant à force de poulmon,
Le Iansenisme est dans le monde
Comme l'Hydre en poison feconde,
Qui d'vne goute de son sang
Faisoit naistre vn nouueau serpent,
Et qui n'eut point esté vaincüe
Sans Hercule & sans sa massüe.
Certe cette comparaison
S'aiuste fort à la raison:
Car enfin cette Hydre effroyable,
Et ce Iansenisme execrable,

Ont beaucoup de conformité'
Et tous deux n'ont iamais esté,
Tous deux ont cela de semblable,
Qu'ils sont celebres dans la fable,
Et que les Peres fabuleux
Parlent fort souuent de tous deux ;
Donc ce Iansenisme indicible
Au petit peuple si terrible,
N'est qu'vn spectre foible & nouueau
Formé dans le creux du cerueau;
Donc cette heresie estonnante
N'est qu'vne parolle sonnante,
Vn terme purement vocal
Qui n'a rien du tout de mental.
Que s'il en auoit quelque chose
Depuis le temps qu'on le propose,
Et qu'on cherche de tout costé
On auroit eu la verité.
Les Euesques depositaires
Des Sacremens & des mysteres
Nous auroient sans doute esclaircy
Du mystere qu'on fait icy ;
Mais puis que dans leurs Assemblées
Trois ou quatre fois redoublées,
Leur admirable iugement
Se termine au mot seulement;
Il faut tenir pour authentique,
Que ce Iansenisme panique
Que l'on faisoit si dangereux
N'est qu'vne voix qui sonne creux,
Vne question de Grammaire
Qui ne vaut pas qu'on delibere ;
Enfin vne erreur en IVS
Qu'on appelle IANSENIVS.
Mais si ce nom que chacun nomme,
Et qu'on a tant maudit à Rome,
N'est point borné par vn objet
Ny resserré dans vn sujet :
Sçachez que s'est vn artifice
De ces Professeurs en malice,

Et que par vn dessein caché
Ils l'ont finement détaché,
Afin que leur esprit l'aplique
Quand le voudra la Politique,
Perdant sous ce nom malheureux
Quiconque parlera contre eux.
Ces espris tous pleins de bourasque,
Font de ce nom comme d'vn masque.
Ils en déguisent l'équité,
Ils en morguent la verité;
Ils en font vne mommerie,
Vn faux ieu de boufonnerie;
Où comme tout Paris connoit
Ils se sont seruy de CORNET.
CORNET le mal-heureux organe
De cette bande si prophane,
Fut pris pour l'execution
De cet horrible inuention.
Cet Artisan melancolique
Au fonds de sa noire boutique,
Forgea cinq dogmes principaux
Qui sont cinq crimes capitaux.

CORNET Docteur de Nauarre, Auteur des cinq Propositions,

Ces propositions tournées
Exprés pour estre condamnées,
Auoient toute la fausseté
Qui peut porter sa Sainteté
A lancer du haut de sa Chaire
Tous les foudres de sa colere:
Et l'on ne doit point s'estonner
Si d'abord on oüit tonner,
Et si sans estre examinées
Elles ont esté condamnées.
Mais certes les plus grands espris
Ne sçauroient estre trop surpris,
Qu'vn Prelat à qui l'on impose,
Et qui ne fut point dans la cause,
Au bout de cét éuenement
Se trouue dans le jugement,
Et qu'vne trop prompte sentence
Dise Anatheme à ce qu'il pense,

Sans meſme qu'elle ait prononcé
Ce que ce Prelat a penſé.
ALEXANDRE par ces cenſures
Condamne les cinq impoſtures
Comme vn œuure d'iniquité,
D'erreur, de temerité;
Et de plus ce Pontife insiſte
Que c'eſt dans le ſens Ianſeniſte;
Mais ce grand Vicaire de Chriſt
Touchant ce ſens n'a rien eſcrit,
Sçachant bien que dans cette affaire
Ieſus-Chriſt n'a point de Vicaire,
Et que pour voir au fonds d'vn cœur
Il faut en eſtre Createur.
Auſſi par vn art fort commode
Chacun fait vn ſens à ſa mode,
Et pour donner vn plus grand choix
On en a fait ſept à la fois;
Ce qui fit dire à quelques beſtes
Que c'eſtoit ce monſtre à ſept teſtes,
Dont on voit l'horrible crayon
Dans vne ſainte viſion. *Acocalypſe*

D'autres perſonnes ſcrupuleuſes
Apres mille opinions creuſes.
Demandoient preſque à tous paſſans
Quel eſtoit donc ce mauuais ſens;
Et voyant qu'en cette matiere
Chacun parloit à ſa maniere.
Ces deuots ont crû bonnement
Qu'on leur cachoit pieuſement.
Et que ce ſens illegitime
Eſtoit ce deteſtable crime;
Ce crime qu'on n'oſe exprimer
Et que PAVL deffend de nommer. *Nec nominetur in vobis ad Ephe. 5.*

Mais s'il faut que l'on s'en rapporte
A cette peinture ſi forte
Qu'en a fait la Societé
Dans ſon Almanach tant vanté;
On verra dans cette figure
Où lart fait honte à la nature.

Almanach des Ieſuites, intitulé, La Deroute des Ianſeniſtes.

Que ce Ianſeniſme embroüillant
Eſt un ſonge fait en veillant.
Cette figure vagabonde
Qui long-temps a couru le monde,
Eſt vn deſordre de cerueau,
Vn cahos horrible & nouueau,
Et ſemblable en beaucoup de choſes
Au cahos des Metamorphoſes.
On y voit vn Prelat dépeint
Auec ſon habit le plus ſaint;
Cette robbe qu'il auoit miſe
Au iour qu'il épouſa l'Egliſe;
Et ce Prelat preſque rempant,
A les ailes d'vn vieux ſerpent.
C'eſt ainſi que le Moliniſte
A dépeint le ſens Ianſeniſte.
Mais pouuoit-il dépeindre mieux
Vn Spectre ſuperſtitieux?
Et les hommes ont ils des ailes
Autre-part qu'aux foibles ceruelles?
Donc à le conſiderer bien,
Ce ſens eſt vn peu plus que rien,
Ce Ianſeniſme eſt vn pretexte,
Vne gloſe ſans aucun texte,
Pour entretenir le Bureau,
Eſtant de meſme qu'vn zero,
Qui ne vallant rien de luy-meſme,
Adiouſte vne valeur extreme:
Car enfin c'eſt par ce faux ſens
Que les Peres ſont tout-puiſſans,
Et s'il n'eſtoit des Ianſeniſtes,
Ce ſeroit fait des Moliniſtes.
Deſia tous ces Soldats Romains
Seroient tombés ſous leurs deſſeins;
Mais quand des François intrepides
Battent ces trouppes parricides,
Quand ils ſapent leurs fondemens
Et forcent leurs retranchemens:
Ces pernicieux dogmatiſtes
N'ont qu'à crier aux Ianſeniſtes.

Et d'abord ce nom malheureux
Amaſſe tant de gens pour eux,
Qu'il faut enfin que la Iuſtice
Laiſſe triompher l'artifice.
Le bruit de cet étrange nom
Fait plus d'effet que le canon,
Et cet horrible cris de guerre
Plus étonnant que le tonnerre
Peut faire par vn coup fatal
Vn embraſſement general,
Si l'on ne trouue en la nature
Quelque remede à la brulure.
Mais grace aux Cieux, i'en ay du bon,
Et qui ne craint point le charbon;
On peut ſuiure cette ordonnance,
Elle vient de l'experience;
Et voicy tout de point en point
Ce qu'il faut & qu'il ne faut point.
Il faut pour premiere maxime
Prendre l'eſprit le plus ſublime
De ces feüillets ſçauans & ſaints
Que l'on appelle les DESSEINS,
En ayant pris la quinteſſence
Il faut les paſſer ſous ſilence,
Ou bien ſçachant ce qu'ils ont dit,
Y faire vn ample contredit;
Car en diſant la meſme choſe,
Au meſme danger on s'expoſe,
Et l'on ſera brulé comme eux
Par l'ordre des Peres fumeux.
Il faut donc redoubler ſon zele
A voir cette piece nouuelle,
En prendre le ſens & le tour,
Sçauoir parfaitement le pour,
Afin que ſi l'on s'y rencontre
On diſe aſſurement le contre.
Ce liure d'vne fermeté,
Naturelle à la verité,
Ne ſçachant point faire la mine,
Aſſeure que la Foy diuine

A receu de Dieu ſeulement
Ce qu'elle croit diuinement,
Et que tout ce qu'inuente l'homme,
Fut-il de Paris ou de Rome,
A l'eſprit ne fait point de loy,
Et n'en peut exiger la foy.
Cette foy n'eſt pas vne verue,
Mais vn diuin droit de reſerue
Qui n'eſt deu qu'à l'authorité
De la premiere verité,
Et pretendre à ce droit ſupreme,
C'eſt entreprendre ſur Dieu meſme :
Car enfin tout autre qu'vn Dieu
Dans cet endroit n'a point de lieu,
Et ce ſeroit vn ſacrilege
Pour qui Rome eſt ſans priuilege.
Les droits de Dieu ſont tres-conſtants,
Ils ne releuent point du temps,
Et ces droits touſiours adorables,
En tout temps ſont inuiolables.
Ces droits pourtant ſont violés
Quand ſur des faits non reuelés ;
Vne temeraire puiſſance
Exige vne ferme creance ,
Et veut que de bouche & de cœur
On proteſte contre vn Auteur,
A cauſe que dans ſon Ouurage
A quelques gens il fait ombrage.
Mais cette façon de parler,
Eſt vn moyen qui fait bruler,
Les feüilles que l'on a brulées,
De ce meſme air eſtoient ſtilées,
Et leur mal, tout bien conſulté,
C'eſt d'auoir dit la verité.
Donc vn remede ſalutaire,
C'eſt de dire tout le contraire,
D'auoir vn eſprit complaiſant,
Et qui s'accommode au preſent.
Il faut ſigner ſur toute choſe
Ce que le Pape nous propoſe,

Sans examiner s'il l'a dit,
Ou de ſa Chaire ou de ſon lit.
Cette diſparité ſubtile
Eſt vne fineſſe inutile,
Vne vaine diſtinction
De nouuelle creation
Que l'on ne voit point dans les Peres,
Et qui vient de teſtes legeres.
Enfin pour ne point s'égarer,
Il ne faut point deliberer,
Et touſiours eſtre quoy qu'on die,
De l'aduis de la Compagnie.
Les foudres du haut Vatican
Ne tombent iamais dans le Camp,
Et c'eſt la milice Romaine
Qui va comme Rome la meine,
Et qui fait au Pape vn ferment
De l'obeïr aueuglement.
Cette prodigieuſe Armée
Du faſte de Rome animee,
S'aduançant d'vn pas ſans pareil,
Voit plus que ne voit le Soleil,
Et ſe vante que c'eſt par elle
Que l'Egliſe eſt vniuerſelle.
Il ne ſera point conteſté,
Que cette humble Societé,
Qui n'a iamais eü de ſeconde,
Ne s'eſtende par tout le monde.
Dans le fonds du Peru pour l'or,
Au Canada pour le Caſtor,
Dans l'Inde & dans la Coquinchine,
Pour du bois & de la racine,
Enfin de l'vn à l'autre bout,
Pour faire de l'argent de tout.
Auec l'appuy de cette Bande,
Il ne faut pas qu'on aprehende,
On eſt aſſuré du Salut,
Et l'on ne manque point ce but.
Elle eſt plus ſeure que la Bible,
Et plus que le Pape infaillible,

Ex cathedra ordinaire diſtinction des Moliniſtes.

Vœux des Ieſuites au Pape.

Puisque c'est son authorité
Qui fait l'infaillibilité.
Le Symbole de ces Apostres
Ajouste cet article aux autres:
Corrigeant par vn nouueau sens
L'ignorance des premiers temps,
Où la qualité d'infaillible
Ne fut iamais intelligible.
Mais enfin la Societé,
Cette source de verité,
Auec ses diuines lumieres
Nous a dessillé les paupieres,
Et par de merueilleux apas
Veut faire voir ce qui n'est pas:
Croyons pourtant sans resistance
Tout ce que son caprice pense,
Et qu'il soit mal ou qu'il soit bien,
Croyons tout, n'examinons rien.
Ces Peres sont dans vne estime
Qui peut iustifier le crime;
Et s'il arriuoit qu'vn d'entre eux
Eut commis quelque crime affreux,
On croiroit le crime equitable
Plustost que le Pere coupable.
Puis donc qu'il est aduantageux
De faire le crime auec eux;
Il faut d'abord sans qu'on insiste
Condamner le sens Iansenisté,
Et ne point craindre vne action
Dont les Peres sont caution.
La plus part des Prelats de France
Ne prenant point d'autre asseurance,
Ont soumis leur authotité
Au sens de la Societé,
Et dans le dessein de luy plaire
Ont fait ce fameux Formulaire.
Qui veut que de bouche & de cœur
On prononce conrre vn Autheur.
Ils ont témoigné tant de zele
Sur cette question nouuelle.

These des Iesuites soûtenuë au College de Clermont. 12. Dece. 1661.

Premiere response aux lettres des Iansenistes. pag. 11. 12. on croit communement qu'estre des sentimens des Iesuites, c'est estre Orthodoxe, on fera aisément receuoir à plusieurs pour legitimes sentimes & pour reso- resolutions sans reproche ce que l'on aura persuadé estre dit dans le commum sentiment des Peres de cette Compagnie. attribuant vne mauuaise doctrine aux Iesuites, il la rend probable.

Qu'enfin pour en venir à bout
Ces Prelats abandonnent tout,
Iuſqu'à rompre auec violence
Les regles de la reſidence.
Mais puiſque dans ce grand deſſein
Ils ne veulent qu'vn coup de main,
Vne ſignature ſans peine,
Où la main doit eſtre certaine,
Eſtant contre vn Eueſque mort
Qui ne peut plus faire de tort:
Il faut ſe mettre ſur la liſte,
Condamner le ſens Ianſeniſte;
Dire tout ce que l'on dira,
Faire tout ce que l'on fera,
C'eſt l'Ordonnance la plus ſeure,
Pour ſe garder de la brulure.
Mais ces aduis quoy qu'obligeans
Deplairont à certaines gens,
Qui ſont fort mauuais Politiques,
Pour eſtre trop bons Catholiques,
Ne conſiderant pas aſſez
Que l'on n'eſt plus aux temps paſſez,
Et que ſuiuant l'ordre du ſage,
Chaque choſe au monde a ſon aage.
Mais (diſent-ils) la verité
Eſtant de toute eternité,
N'eſt point ſujette aux deſtinées
Qui determinent les années,
Et c'eſt vn eſprit immortel
Qui n'a qu'vn iour perpetuel.
Sur cette verité ſupréme
Que Dieu nous enſeigne luy-meſme;
Il faut dans vn eſprit pieux
Regler ſa creance & ſes veux.
De cette verité fidelle,
Il faut ſe faire vn ſaint modele,
Et n'eſtre point les Partiſans
De tant de Prelats Courtiſans,
Qui ne portent dans l'Aſſemblée
Qu'vne teſte touſiours troublée.

Mr Ianſenius Eueſque d'Ypre.

De l'Esprit follet de la Cour,
Qu'ils vont consulter nuit & iour,
Reformant toutes leurs censures:
Suiuant les cours des auantures.
Ces Euesques sans charité,
Ces Espoux sans fidelité,
Quittent leur espouse en colere
Pour venir outrager leur frere:
Outrageant mesme indignement
Ceux qui le vangent saintement;
Et voulant que leur injustice,
Ait tout le monde ponr complice,
Afin qu'il ne se trouue point
Ny de Iuge ny de tesmoin.
Mais malgré toute leur pratique,
Dieu iugera leur Politique;
Et tant d'Euesques genereux
Vn iour tesmoigneront contre eux.
Ces tesmoins sont irreprochables,
Sont des Pasteurs infatigables,
Veillans tousiours sur leur troupeaux
Comme des cœlestes flambeaux,
Repandant tousiours leur lumiere,
Ne quittant iamais leur carriere;
Et ne prenant point le detour
Pour venir s'egayer en Cour;
Leur charité tousiours ardente,
Leur flame tousiours agissante,
Ne peut trouuer de temps perdu
Pour penser au fait pretendu.
Ce fait est seulement l'affaire
De Prelats qui n'ont rien à faire.
L'inquietude & le grand soing
De ceux qui ne s'en donnent point,
Et qui dans leur humeur hautaine
Croiroient auoir pris trop de peine
De nommer ce fait important
Surqui l'on delibere tant.
C'est bien en vain qu'on leur demande
Il ne faut point qu'on y pretende,

Mr l'Euesque d'Ypre.

On

On ne ſçaura rien de ce fait
Sinon que c'eſt vn grand ſecret ;
Oüy c'eſt vn ſecret d'importance
Pour authoriſer leur abſence,
Et pour importuner le Roy
Sous ombre d'vn ie ne ſçay quoy.
Quelle extrauagante entrepriſe !
Quelle honte à toute l'Egliſe !
Et quels reſentimens ô Cieux
Pour tant d'Eueſques ſi pieux,
Lors qu'ils connoiſſent que leurs freres
Auiliſſent leurs caracteres
Sur vne vaine queſtion,
Sur vne imagination,
Et ſe conſument d'vn faux zele
Pour vne pure bagatelle.
 Dans ce mal-heur, ces grands Prelats
Pleurent les maux qu'ils ne font pas ;
Mais vn iour ces ames ſi ſaintes,
Ayant pouſſé de longues plaintes
Finiront leurs gemiſſemens,
Et donneront leurs jugememens
Quand Dieu ſur vn Troſne de flames
Viendra juger toutes les ames.
Et fera voir publiquement
Ce que l'on cache injuſtement.
 Mais auant ce iour de colere,
La poſterité plus ſincere
Sur tout ce fait prononcera,
Et ſans doute qu'elle en rira.
Exrminant auec juſtice
Par quel injurieux caprice,
On prend plaiſir à tout cacher
Afin de faire tout chercher,
Elle ſera contrainte à rire,
Ne pouuant s'empeſcher de dire
Qu'on faiſoit ioüer les Prelats
Au cache cache mitoulats.
L'Egliſe au fort de ſa priere,
S'arme d'vne ſainte colere.

Et lance les foudres diuins
Sur les temeraires deuins.
Mais malgré cette Loy diuine
Ces Prelats veulent qu'on deuine,
Et dans leur celebre entretien
Disent tous qu'ils ne diront rien,
Que dans ce dangereux mystere,
La Politique est de se taire;
Que cependant l'on signera,
Puis arriue ce qu'il pourra.
Ainsi les Euesques s'énonçent
Ces diuins Oracles prononcent,
Et leurs admirables Desseins
Sortant du profond de leurs seins,
Renouuellent leur formulaire
Par vne lettre circulaire,
Laquelle à parler franchement,
Est circulaire doublement.
Cette machine d'eloquence
Qui ne recule & qui n'aduance
Est vn grand cercle de discours
Qui tourne & retourne tousiours,
Et qui veut tousiours que l'on signe
Sans permettre qu'on examine.
Ensin ces Euesques de Cour
Pour l'Eglise n'ont point d'amour,
Et n'en craignant point le diuorce,
Veulent qu'on croye à toute force.
Cependant dans la sainte Loy,
L'amour seul enseigne la Foy,
Et la Foy la plus esclatante
Sans charité n'est pas viuante.
Pourquoy donc auec cruauté
Prescher la Foy sans charité?
Pourquoy Prelats inexorables,
Estes-vous si peu charitables,
Que de refuser à nos vœux,
De clairs & de justes adueux,
Sur ce traicté de foy diuine,
Qu'il faut que tout le monde signe?

Et si habuero omnem fidem ita vt montes transferam charitatem autem non habuero nihil sum ad Corin. 5.

Tout cela c'eſt la verité,
Mais ce n'eſt pas la ſeureté:
Vn raiſonnement veritable;
Dans ce temps eſt vn cas brulable.
Et quoy qu'il s'accomode au ſens,
Ne s'accommodant pas au temps.
Il ne faut iamais en attendre
Qu'vne triſte & funeſte cendre.
Il faut donc eſtre vn peu flateur,
Meſme au hazard d'eſtre menteur,
N'auoir pas vn eſprit ſi ferme
Iamais ne ſe donner de terme;
Eſtre du party le plus fort,
Toûjours ſe joindre auec le ſort.
Afin que ſuiuant le rencontre,
On faſſe le pour & le contre.
S'eſt ſe mettre en captiuité
Que de ſeruir la verité.
Et par vne ruſe nouuelle
Il vaut bien mieux ſe ſeruir d'elle,
La diſſimuler, la flechir,
La detourner & la gauchir,
En faire des tours de ſoupleſſe,
Et n'eſtre point tout d'vne piece;
Comme ces gens d'vn cœur entier
Qui romproient pluſtoſt que plier,
Et qui, quoy que l'on ait pû faire,
* N'ont point ſigné le Formulaire,
Reſiſtant auec plus d'effort
Que ſi c'eſtoit ſigner leur mort.
Que cet eſprit ſi Catholique
Fera rire la Politique!
Rien ne peut mieux la diuertir
Qu'vn homme qui craint de mentir;
Et dont l'eſprit eſt aſſez beſte
Pour s'expoſer à la tempeſte,
Et pour chercher la verité
Lors que l'orage eſt excité.
Apres tout, ſeroit-ce eſtre ſage,
Si dans le malheur d'vn naufrage

On aymoit mieux mourir dans l'eau,
Et descendre vif au tombeau,
Que prendre vne planche flotante,
Et que la fortune presente.
Il faut en dire autant de feux,
Et puis qu'ils sont si dangereux,
Et que la seule signature
Est vn remede à leur brulure :
Ne seroit-ce pas s'y ietter,
Et soy-mesme les irriter,
Que d'auoir encor du scrupule
A souscrire cette formule.
Que s'il falloit la commenter,
Encor pourroit-on resister :
Car apres tout vn Commentaire,
Cousteroit quelque peine à faire :
Mais enfin puis que tout est fait,
Puis qu'il n'y manque pas vn trait,
Puis que d'vne façon galante
Cette Formule accommodante
Fut faite auec tant d'examen,
Qu'il ne reste qu'à dire *Amen*.
Puis que pour cette signature
Il ne faut qu'vn mot d'escriture ;
Puis qu'enfin dans cette saison,
Bien loing d'exiger la raison,
L'Assemblée en donne dispense
Par vne secrette prudence,
Et mesme ordonnant de signer,
Ne permet pas de raisonner :
Pourquoy se rendre difficile
A mettre deux mots d'Apostile,
Que l'on peut escrire aisément,
Sans esprit & sans iugement ?
Mais (dit-on) c'est en cela mesme
Que la faute seroit extréme :
Ce n'est que la plume d'Oison
Qui peut escrire sans raison.
Et mesme quand la signature
Seroit bonne de sa nature,

La

La faire en examinant rien,
Ce ſeroit mal faire le bien.
Faiſons tout auec connoiſſance,
De crainte que dans l'ignorance
Vne aueugle temerité
Ne trahiſſe la Verité.
Car enfin la verité meſme
Fouffrit la mort & le blaſpheme,
Parce que ceux qui l'accuſoient
Ne ſçauoient pas ce qu'ils faiſoient.
L'ignorance eſt trop infidelle,
Elle eſt aueugle & criminelle,
Elle va touſiours dans la nuit,
Elle perd quiconque la ſuit.
Et tant d'actions imprudentes,
Tant de paſſions violentes,
Tant de détours & de faux pas,
Viennent de ce qu'on ne ſçait pas;
Si l'on ſçauoit quels ſont les charmes
Dont la verité fait ſes armes;
Tous les cœurs & tous les eſpris
Seroient heureuſement épris;
Et la reconnoiſſant ſi belle,
N'auroient plus des vœux que pour elle.
Mais par vn voile injurieux,
L'ignorance empeſcha nos yeux
De voir cette beauté ſupréme,
Le diuin portrait de Dieu meſme.
Peut on donc auec jugement
La ſuiure en ſon aueuglement,
Sur tout lors qu'auec éuidence,
On voit qu'on eſt dans l'ignorance,
Et que tout ce qu'on ſçait d'vn point,
Eſt qu'on ſçait qu'on ne le ſçait point?
Eſt-il homme au monde aſſez beſte,
Qui n'ayt vne reſponſe preſte,
Et ne decide abſolument,
Qu'il faut de l'éclairciſſement?
Donnez-en donc Reuerends Peres,
Donnés du iour à ces matieres;

Non enim ſciunt quid faciunt. Luc 23.

Parlés on vous eſcoutera,
Dites vray, l'on s'eſtonnera,
Et croyés Peres Moliniſtes,
Que les pretendus Ianſeniſtes,
Sont trop ſçauans dans leur deuoir,
Pour ſouſcrire ſans rien ſçauoir:
Et quoy que vous en puiſſiés dire,
Ce n'eſt point leur façon d'eſcrire.
On voit aſſez par leurs eſcris,
Qui conuainquent tous les eſpris,
Et par leur methode ſi nette,
Qu'ils n'eſcriuent pas aueuglette.

Almanach des Ieſuites, intitulé, la deroute des Ianſeniſtes,

Cependant voſtre eſprit guerrier
Dans vos triomphes de papier,
Les a depeint comme prophanes
Leur donnant des oreilles d'aſnes;
Mais certes vous les baſteriés,
Ou du moins les eſtrilleriés
S'ils auoient aſſez d'ignorance
Pour ſouſcrire ſans connoiſſance.
Non, non ne le pretendés pas,
Et gardés pour vous tous vos baſts.

A tout ce que l'on vient de dire,
Ie dis qu'il n'eſt pas temps de rire,
Et qu'il faut ſonger ſeulement
A ſouſcrire preſentement,
C'eſt à quoy l'on ſe doit reſoudre,
Sous peine d'eſtre mis en poudre.
C'eſt la la fin, c'eſt là le but,
Hors de cela point de ſalut.
Si la ſignature n'eſt miſe,
On n'eſt point enfant de l'Egliſe,
Et l'on doit ſouſcrire le fait,
Sans ſçauoir meſme ce que c'eſt;
Car c'eſt comme vn nouueau Bapteſme,
Où l'on ne dit rien de ſoy-meſme,
Les Ieſuites comme parains
Expliqueront tous les deſſeins,
feront ſi bien ce qu'il faut faire,
Que meſme il n'eſt pas neceſſaire

Dans vne telle occasion
D'auoir l'vsage de raison,
Et le meilleur ce seroit d'estre
Comme l'enfant qui vient de naistre.
Ah ! dit le Iansenіste adroit,
Ie penetre au fonds du secret,
Ie comprends bien qu'il faut tout taire
Afin que l'on puisse tout faire ;
Et ne point dire ce que c'est,
Qu'apres que l'on aura tout fait ;
Mais quand ces miserables Peres
Auront accomply leurs mysteres,
Quand tout le monde aura signé,
Sans que rien soit determiné ;
Ceux qui trompés par la coustume,
Auront lasché ce trait de plume,
Verront trop tard auec regret,
Sur qui sera tombé ce trait.
Ce *Iansenius* heretique
Ne sera plus le Chimerique,
Cet *Augustin* si deguisé
N'aura plus rien de supposé :
On reconnoistra sans embleme,
Que c'estoit *Augustin* luy mesme,
Et les Peres le prouueront
Contre tous ceux qui le niront.
Il ne faut (diront ils) que lire,
Et l'on verra sans contredire,
Qu'entre eux deux tout est si commun,
Que leurs deux liures n'en font qu'vn.
Lisés, sont les mesmes passages,
Les mesmes mots, les mesmes pages.
Iansenius l'on le voit bien,
Est vn pur Augustinien,
Comme aussi quoy que l'on insiste
Augustin est franc Iansenіste ;
Et c'est pour le trancher tout net
Bonnet rouge & rouge Bonnet.
Voila comme leur perfidie
Denoüira cette Comedie,

Videbunt in quem transfixerunt. Ioa. 19. num. 9.

Où leut esprit plus que lutin
Pretend joüer *Saint Augustin*.
On verra cef gens de grimace
Faire vne Farce *de la grace*
Comme ils ont fait en liberté
Vn *Balet de la verité*,

Le Balet des Iesuitte à la Tragedie de la fin de l'année 1663.

Ce fut où ces Peres coupables:
Pour paroistre plus veritables,
Et montrer vn cœur ingenü,
Mirent le crime tout à nü.

Il y auoit vne entrée de Sorciers qui faisoient le Sabat.

On vit vne troupe enflamée
De l'esprit d'Enfer animée,
Qui sortant des plus sombres lieux,
Tout d'vn coup vint sauter aux yeux;
Et par des efforts impudiques,
Des sauts frisés, des pas lubriques,
Fit vn epouuentable ébat,
Qu'on n'a iamais fait au sabat.

Là le Sorcier & la Sorciere;
Tant du deuant que du derriere,
Montroient d'horribles passions,
Par d'affreuses convulsions;
Et deshonoroient la Nature
Par vne honteuse figure.

Dans leurs sauts doublés & triplés
S'estant salement accouplés,
Ils se donnoient des embrassades
Aussi rudes que des ruades;
Et dans ce funeste embaras
Faisoient l'amour à tour de bras.
De plus en plus croissoient les flames,
Les hommes excitoient les femmes,
& tous ennemis du repos,
Pié contre pié, dos contre dos,
Parroissoient dans ces sales festes,
Bien moins des hommes que des bestes,
Et l'on ne voyoit rien d'humain
Sous ce masque indigne & vilain.

L'homme n'estoit plus connoissable,
Sous cette image abomiuable,

Et l'on ne voyoit pas vn trait
De cet adorable portrait.
Par qui la bonté ſouueraine
S'eſt peinte en la nature humaine.
Ce n'eſtoit que feu, que fureur,
Que dereglement & qu'horreur,
Et dans ce malheureux Orage
Vne luxurieuſe Rage,
Pouſſoit ces horribles mommons
A contrefaire les Demons.
Là ſe donnant mille tortures,
Ils pechoient en mille poſtures,
Et faiſoient dans ces faux appas
Autant de crimes que de pas.
De haut, de bas, à droite, à gauche,
Tout leur corps eſtoit en débauche,
Et dans ces tranſports ſi brulants
Dans ces efforts ſi violents;
Ils faiſoient tant de piroüettes,
Tant d'eſcarts, d'eſlans, de courbettes,
Et tant de ſauts precipités,
Qu'on euſt dit qu'ils s'eſtoient frotés,
De cette graiſſe enſorcelée,
Qui donne vne haute volée;
Car enfin ces Sorciers voloient,
Plutoſt qu'ils ne caprioloient.
Dans vn mouuement de tonnerre,
Ces danſeurs ne touchoient pas terre,
Et ſembloient porter iuſqu'aux Cieux
Des combats ſi luxurieux.

Enfin ces monſtres deteſtables
Et dans le crime inſatiables,
Apres tant d'efforts & de coups,
Eſtoient las & n'eſtoient pas ſouls.
Dans leurs detours & leurs entorſes,
La rage leur donnant des forces,
Ils firent par vn dernier coup
Tout ce qu'ils font autour du Bouc.
Toutes les pratiques immondes,
Qu'ils cachent dans les nuits profondes.

Parurent dans le beau du iour
Au milieu d'vne grande Cour,
Toutes leurs œuvres de tenebres
Furent des actions celebres,
Tous leurs mysteres criminels
Deuinrent des jeus ſolemnels,
Et toutes les horreurs du crime
Sortant du profond de l'abyſme :
Forcerent la terre & les Cieux,
A voir ce ſpectacle odieux.

La Cour du College de Clermont.

Parlés parricides des ames ?
Parles Religieux infames ?
Faites vous donc profeſſion,
D'vne inſolente paſſion,
Forçant l'honneſteté publique,
Par vne action ſi lubrique ?
Parlés donc, vos Arcs triomphaux,
N'eſtoient ils ſi grands & ſi hauts,
Et faits auec tant d'artifice,
Que pour le triomphe du vice ;
Et tout ce Palais enchanté,
Eſtoit ce pour l'impureté ?
Parlés encor, Peres infames,
N'auiés vous inuité les Dames ;
Qu'afin de les faire rougir,
Par vos ſales façons d'agir ?
Mes Peres qu'aués vous à dire,
Et que preparés vous d'eſcrire,
Pour excuſer vne action,
Plaine d'abomination ?
Ce n'eſt pas vne promptitude,
C'eſt vn employ, c'eſt vn Eſtude,
C'eſt vn conſeil où le hazard.
N'a point eu de lieu ny de part ;
Ce ne ſont pas de ces penſées,
Qui viennent ſans eſtre forcées,
Et dont les cœurs & les eſpris,
Se trouuent tout à coup ſurpris :
Vos fictions ſont trop bizarres,
Et vos ſentimens ſont ſi rares,

Que pour en rencontrer quelque-vn,
Il faut sortir du sens commun:
Il faut aller prendre ces choses,
Au delà de toutes les causes,
Et ces fantasques faussetés,
Coustent plus que des verités.
Oüy toutes ces vaines idées,
Dont vos ames sont possedées,
Ne sçauroient venir que de loing,
La nature n'en donnant point;
Et comme iamais l'imposture.
Ne se trouue dans la nature,
Il faut que par vn art exprés,
Vous ayés forgés ces faux traits.
Aduoüés le Reuerends Peres,
Combien ces vilaines chimeres
Vous ont-elles causé d'ennuis,
Et donné de mauuaises nuits?
Car encor que ces sots mensonges,
Ne soient que d'impertinents songes?
Vous sçaués trop certainement,
Qu'on ne les fait pas en dormant,
Et si vous nous vouliés tout dire,
Vous nous confesseriés sans rire,
Que ces sentimens vicieux
Portent leur suplice auec eux,
Que ces conceptions hideuses,
Comme des couches monstrueuses,
Donnent vn tourment sans égal,
Et ne produisent que du mal.
N'est-il pas vray que cette Danse,
Vous a fait perdre contenance,
Et que dans ce Balet gesné,
La teste vous a bien tourné?
O qu'vn action si vilaine
Vous couste de temps de peine!
Apres tout il faut l'aduoüer,
Car comment pourriés vous nier,
Que cette balade emportée
Ne fut pas long temps concertée,

Puis qu'enfin c'eſtoit vn concert,
Qui rebattoit la terre & l'air.
Vingt violons tous de meſure,
Par le ſon marquoient la figure,
Et la figure eſt la façon,
Auſſi toſt répondoient au ſon,
Tous vos danſeurs & vos danſeuſes,
Dans ces maſcarades honteuſes,
D'vn ſot geſte & d'vn pas brutal,
S'accordoient à faire le mal.
Leurs jambes tout d'vn coup preſſées,
L'vne dans l'autre eſtant paſſées,
Toutes dans vn autre moment,
S'eſcartoient exceſſiuement:
Et dans ces laſciues cadances,
Vous eſtiés les intelligences,
Qui donnoient le branſle à ces corps,
Et qui regloient tous leurs accors.
D'autres que vous dans cet affaire,
Ne ſçauroient que dire & que faire,
On les verroit tous confondus,
Et ce ſeroit des gens perdus,
Mais vous aués vne morale,
Dont l'authorité ſans égale,
Par vn détour d'intention,
Ou par quelque reſtriction,
S'en va faire vn ouurage inſigne,
De l'action la plus indigne,
Et ſouuent l'on eſt étonné,
Qu'apres qu'elle a fait & tourné,
L'injuſte deuient legitime,
Les vertus renaiſſent du crime,
Et l'on doit enfin couronner,
Ce que l'on vouloit condamner.
Cette morale à toute guiſe,
Auec le monde s'impatiſe,
Et le diſpenſant du deuoir,
Elle a tout ce qu'il faut auoir,
Pour excuſer voſtre magie,
Et ſans nouuelle Apologie;

L'ancienne que vous aués fait
Vous seruira pour cet effet.
Elle permet d'estre homicides,
Seducteurs, impurs, & perfides,
Pourueu qu'on ayt l'inuention
De diriger l'intention.

Apologie des Casuites.

Vous direz donc auec instance
Que dans cette lubrique danse
Tout vostre esprit estoit porté
A nous prescher la pureté;
Et que par vne sainte adresse
Par vne pieuse finesse
Vous aués decouuert aux yeux
Le crime le plus odieux,
Afin qu'estant veu dans luy-mesme
On en eut vne horreur extreme,
Rien n'estant plus ingenieux
Pour corriger les vicieux,
Que de leur exposer le vice
Dans tous les traits de sa malice;
Et c'est pourquoy fut intenté
Le Balet de la verité.

Maintenant *Ferrier* se fatique
A composer vne autre intrigue,
Et mesme en dit plus qu'il n'en sçait
Pour broüiller *le droit & le fait.*
Il donne aux Crieurs de gazettes
Trois ou quatre pages malfaites,
Et quand cinq ou six Gazetiers
Ont crié par tous les quartiers,
Le Pere se vante & se pique
D'auoir pour luy la voix publique.

Ecrit du P. Farrier, intitulé Idée veritable *des Iansenistes.*

Laissons le vanter à loisir
Puisqu'il y prend tant de plaisir;
Qu'il poursuiue tousiours sa pointe,
Qu'il parle tousiours auec feinte,
Qu'il chante gros qu'il chante clair,
Rions de le voir qui bat l'air,
De voir qu'il fille sa ceruelle
Pour faire vne ruse nouuelle,

Et que tout ce qu'il fait de bruit
N'est pas plustost fait que detruit.
Pour abuser l'esprit credule
En composant il dissimule,
Et fait cent detours dangereux,
Comme ce serpent malheureux
Qui couurant sa mortelle enuie
Des beaux fruits de l'Arbre de Vie;
Et tenant le mal bien caché,
Fit choir *Adam* dans le peché;
Et puis quand sous belle apparence
Il eut seduit son innocence,
Il fit voir à sa lascheté
Vne honteuse nudité.

Conference du P. Ferrier & du F. Annat, auec les disciples de S Augustin, tenuë chez Monseigneur l'Euesque de Commenges.

Ferrier auec vn stratageme
En voudroit bien faire de mesme;
Mais cet incomparable autheur
S'est si bien declaré menteur
Dans le cours de la Conference
Qu'il n'aura iamais de creance;
Et l'on ment inutilement,
Quand on ment si publiquement.
On connoit trop bien la malice
De ce Pere plain d'artifice,
On sçait bien que ce faux prudent
Est vne langue de serpent,
Qu'en desauoüant il aduoüe
Comme vn serpent qui se renoüe,
Et qu'au lieu de tout arrester
Il ne fait que de serpenter.
Mais si dans le temps qu'il serpente
Sur vne matiere euidente,
Il faisoit tomber les espris
Dans les detours de ses Escrits;
S'il pouuoit par de telles trames
Embarasser toutes les ames:
Luy mesme apres s'en mocqueroit
Et comme vn serpent sifleroit.

Idée veritable des Ian-

Dans ce faux espoir il éclatte,
Et dans ses Ecrits il se flatte

De ce que ſon impreſſion
Se fait auec permiſſion.
Il a liberté de tout dire,
On ne peut l'empeſcher d'écrire:
Mais luy-meſme empeſche aſſez bien
Qu'on ne puiſſe le croire en rien.
Ainſi parle le Ianſeniſte,
Mais c'eſt bien en vain qu'il inſiſte
La conſcience & la raiſon
Ne ſont pas icy de ſaiſon,
Et ſeulement *la ſignature*
Peut exempter de la brulure.
On a deſia trop raiſonné
(Dit *le Moliniſte obſtiné*)
Tout eſt clair, & l'on doit ſe rendre
Aux Bulles du Pape Alexandre
Si toſt qu'vn Pape à definy,
Tout eſt conclu, tout eſt finy,
Apres cela tirez l'échelle
Et n'employez plus voſtre zele
Qu'à touſiours dire αυτος εφα
Et ne paſſez point ce but là.
Mais quoy (dit-on) la Foy Chreſtienne
Sera donc Pitagoricienne;
Car c'eſt ainſi qu'on diſputoit
Du temps que Pitagore eſtoit,
Les diſciples de ce vieux Maiſtre
Ne pouuant plus ſe reconnoiſtre,
Et demeurant court à *quia*,
Repondoient vn αυτος εφα
La *Societé* fait de meſme,
Eſtant dans l'indigeance extreme,
N'ayant pas vne authorité,
Pas vn trait de l'antiquité,
Pas vn Concile, pas vn Pere,
Pas vn raiſonnement ſincere,
Elle en eſt a l'αυτος εφα
C'eſt à dire, *non plus vltra*.
Ce beau Dictum, cette Sentence
Eſt le precis de leur ſcience,

ſeniſtes dans l'aduertiſſement

Liure du P. Theophile Raynaud, Ieſuite, intitulé αυτος εφα.

Tous leurs liures sont en petit
Dans ces mots *le Pape la dit* ;
Les plus beaux effets de leurs plumes,
Leurs grands cahiers, leurs gros volumes,
Tous leurs écris estudiez
Sont ces deux mots amplifiez ;
Et quand ces admirables Peres
Veullent dépescher les matieres,
Retranchant tout autre propos
Vne affaire est faite en deux mots.
Ils n'en ont pas dit dauantage
Pour dissiper ce faux nuage,
Que le Iansenisme a ietté
Sur la plus claire verité,
Et voicy la réponse vnique
De leur sçauante politique.
« Le Iansenisme empoisonné,
« C'est ce que Rome a condamné,
« Et qu'est-ce qu'à condamné Rome,
« C'est ce que Iansenisme on nomme,
Voila la foy du Charbonnier,
Du premier point jusqu'au dernier,
Et sous cette foy ridicule
Du Charbonnier & de sa mule,
On veut mesme que le Docteur
Ceptiue son ame & son cœur ;
On veut que toutes les Escolles
Iurent sur de vaines parolles
Sur l'Equiuoque d'vn escrit,
Sur vne lettre sans esprit,
Sur vne lettre corrompuë,
Vne fausse lettre qui tuë
Et qui deschire l'vnité
Par vne horrible cruauté.

La lettre Circulaire, littera enim occidit 2. ad Corinth. 3.

C'est ainsi qu'vn François fidele
Suiuant les efforts de son zele
Deffend chrestiennement sa foy
Et l'authorité de son Roy :
Mais quoy qu'il fasse & quoy qu'il dise,
Tant pour l'Estat que pour l'Eglise ;

La ſignature ſeulement
Peut eſteindre l'embraſement.
Il feroit donc mieux de ſe taire,
Et de ſigner le Formulaire,
Teſmoignant par ce nouueau ſeing
Qu'en effet le Pape eſt tres-ſaint,
Tres-haut, tres-incomprehenſible,
En vn mot qu'il eſt infaillible.
C'eſt vn point trop bien reconnu
Par tout cet article eſt tenu,
Sans reſtrictions & ſans modes,
On le croit meſme aux Antipodes,
Ou l'Illuſtre Societé
Va preſcher cette verité.
Oüy la fameuſe Compagnie,
Teſmoingne vne ardeur infinie,
A faire qu'on ne doute point
De la verité de ce point.
Cette verité pretenduë
Eſt obſtinement deffenduë,
Par SANTAREL, & MOLINA,
VASQVES, AZOR, MARIANA,
SVARES, EVDEMON, VALENCE,
Qui l'ont pouſſée à toute outrance,
Auec GRETZER, OSORIVS.
BAVNY, BELLARMIN, LESSIVS;
Et de tous ceux que ie vous nomme,
Le moindre paſſe pour grand homme?
Car c'eſt par là qu'on s'agrandit,
Et qu'on a chez eux du credit.
C'eſt pourquoy chacun s'euertuë
Chacun de ſa part contribuë,
Et chacun prend dans ſon cerueau
Dequoy former vn Dieu nouueau,
Dequoy faire vn homme infaillible
A tous les autres ſi terrible,
Qui reduiſe tout ſous ſes loys,
Et ſoit enfin le Roy des Roys.
Cette perſonne incomparable;
Eſtant vn Principe immuable,

Reglera tous les Potentats,
Et les mouuemens des Estats.
Son authorité sans seconde,
Est la Reine de tout le monde
Les Roys conduits par ses projets,
Ne sont que ses premiers sujets,
Et du couchant, iusqu'à l'aurore,
Il faut que la terre l'adore.
Il faut conter entre ses biens
Les Sceptres des Princes Chrestiens,
Car comme l'Eglise est leur mere,
De mesme le Pape est leur pere;
Et comme on n'en sçauroit douter,
Vn Pere peut desheriter;
Sur tout quand ce Pere est de Rome,
Car enfin l'on sçait qu'vn simple homme,
En vertu du vieux droit Romain,
Sur ses fils estoit souuerain,
Et par la Loy des douze tables,
Ses droits estoient incontestables.
Icy les François alarmés,
Et pour leur Monarque animés,
Disent qu vne telle puissance,
N'est qu'vne odieuse arrogance,
Et que c'est faussement qu'on croit,
Qu'vn Pape ait ce funeste droit.
Mais en vain leur zele s'allume;
Car enfin, soit droit, soit coustume,
Desia quatorze ou quinze fois,
Le Pape a deposé des Roys;
Iusques là que le Roy de France,
Perd la Nauarre à cette chance,
Et la perd de telle façon,
Que mesme il n'en a pas le nom.
Si l'on na le croit pas qu'on lize,
Les nouueaux articles de PIZE;
Es l'on verra dans ce traité,
Les Bulles de sa Sainteté,
Où le Roy (grace à la Thiare,)
N'est p as nommé Roy de Nauare.

Là le François tout en fureur,
S'écrie ô grand Dieu quelle horreur!
Le crime est iusqu'au Sanctuaire!
Le tiran succede à Saint Pierre!
Et l'on donne à la vanité,
La chaire de la verité!
Quel desordre! quelle injustice!
Quelle abominable Police!
Dieu! nous ne l'eussions iamais cru,
Mais l'Apostre l'a bien preueu;
Et dans cette preconnoissance,
Qu'vn iour Rome auroit l'insolence
De former des projets si vains, *Roman.* 13.
Il en escriuit aux Romains,
Leur monstrant que le Diademe,
Ne releue que de Dieu mesme,
Les Roys n'ayans au dessus d'eux,
Que celuy qui porte les Cieux.
Voila le style de l'Apostre,
Mais SANTAREL escrit d'vn autre,
Et dit que par toutes les Loys,
Le Pape est le maistre des Roys,
Et qu'en qualité d'infaillible,
Il ne trouue rien d'impossible.
S'il parle dans le mesme instant,
La Societé qui l'entend,
Crie ô Ciel! ô terre! ô miracle!
Disant par tout que c'est l'Oracle.
Et certes dans le sens commun,
Ie croirois bien que c'en est vn.
Au moins ce qu'on en voit parestre,
Est assez ambigu pour l'estre,
Et l'on ne l'entend guere plus,
Que ces vieux Oracles reclus,
Qui d'vne cauerne profonde,
Ont long-temps abusé le monde,
Et dont l'esprit tousiours douteux,
Au lieu d'vn sens en auoit deux.
Il est des Bulles Politiques,
Qui sont encor bien plus mystiques,

Et dont les mots embaraſſans,
N'ont pas ſeulement pour deux ſens.
N'en a-t'on pas veu de certaines
Enfermer des ſens à douzaines,
Et le moindre Theologien,
N'a-t-il pas cru trouuer le ſien,
Dans cette Bulle qui fulmine,
Contre vn ſens qu'il faut qu'on deuine.
Apres tout vn eſprit bien ſeur,
N'affecteroit point d'eſtre obſcur.
Car à quoy ſert d'eſtre infaillible,
Si l'on n'eſt point intelligible;
Et ſi le Pape l'euſt eſté,
Dans le temps qu'il fuſt conſulté,
Par les plus grands Prelats de France,
Il euſt parlé ſans défiance;
Mais il ſentit, s'eſtant taſté,
Que ſon infaillibilité
N'eſtoit iamais en aſſurance,
Qu'au milieu d'vn profond ſilence:
Ainſi pour ne ſe tromper pas,
Il ne dit mot à ces Prelats.
Cependant la troupe Romaine,
Touſiours hardie & touſiours vaine,
A tout moment nous eſtourdit;
Par ces mots, *Le Pape l'a dit.*
Mais on ſçait qu'vn Pape de Rome,
Boit du vin tout comme vn autre homme?
Et c'eſt à dire en bon François,
Qu'il ſe trompe bien quelque fois.
On ſçait que tout homme eſt fragile,
Que toute langue eſt fort mobile,
Et que toute humaine action,
Eſt bien ſujette à caution.
Oüy (*reſpond la troupe coupable,*)
Cette ſentence eſt veritable,
A l'eſgard des gens du commun,
Mais le Pape n'en eſt pas vn,
Et dans luy la vertu raſſemble,
Homme, Docteur, & Pape enſemble.

Comme homme il peut estre menteur,
Il ment aussi comme Docteur;
Mais quand il parle comme Pape,
Iamais rien de douteux n'eschape,
Tout ce qu'il prononce est certain,
Et l'on peut en leuer la main.
O Dieu la sçauante replique!
O Cieux que le Pape est mystique,
Et que i'admire les beaux traits
Qui sortent de ces trois endroits!
Vne teste sous trois Couronnes!
Vn homme seul en trois personnes!
Certe vne telle trinité,
Est vne belle nouueauté,
Et par vn moyen si plausible,
Tout Chrestien deuient infaillible;
Car enfin tant qu'il fera bien,
On dira qu'il fait en Chrestien,
Et s'il va contre l'Euangile,
La réponse est toute facile;
On dira que dans ce faux pas,
En Chrestien il n'agissoit pas.
Qui ne voit que ce beau probleme,
Tombe & se détruit de luy-mesme?
ANNAT aussi veut que Roy
Le soustienne par vne Loy,
Et que ce Monarque inuincible
Declare le Pape infaillible.
Afin qu'il puisse l'y porter,
Il tasche de l'épouuenter,
Par ce fantosme ridicule,
Que le Pape Abat dans sa Bulle.
Mais certe vn fantosme si vain,
Ne peut allarmer qu'vn Romain,
Et pour ce Monarque de France,
Dont glorieuse vaillance,
A finy les plus grands projets,
Il faut de plus nobles objets,
Ne pretendés pas Pere injuste,
Que ce Prince tousiours auguste,

Ayant couronné ses beaux faits,
Par vne si heureuse paix ;
Détruise cette paix publique
Dans vn combat si chimerique,
Et que mesme dans ce combat,
Il ne soit que simple Soldat,
Puisque ce seroit vostre haine,
Qui seruiroit de Capitaine.
C'est elle qui commanderoit,
Sous elle le Roy marcheroit,
Et suiuant cette criminelle,
Feroit vne guerre mortelle.
Non non, sçachez que ce grand Roy,
A trop de cœur & trop de Foy,
Pour deffendre vostre caprice
Contre l'honneur & la Iustice.
Il n'a qu'vn pouuoir innocent,
Comme celuy du Tout puissant,
Qui peut mouuoir toute la terre,
Mais qui iamais ne peut mal faire.
Il laisse à la Societé
L'injustice & la cruauté ;
Voyant bien qu'estant toute vaine,
Et moins Chrestienne que Romaine,
Elle ayme comme les Romains
A faire des coups inhumains,
A troubler toutes les Prouinces,
A violer les droits des Princes,
Sapant les Trosnes les plus hauts,
Pour dresser des arcs triomphaux.
Que plutost, Caballe perfide,
On vous dresse vne Pyramide,
Comme le plus clement des Roys,
Vous en fit dresser autrefois,
Quand vostre parricide enuie,
Eut fait attenter à sa vie.
Sçachez que ce Prince vainqueur,
Respire encor dans nostre cœur :
Et qu'enfin sa gloire immortelle
Rendra vostre honte eternelle ;

En 1594. le Parlement fit dresser vne Pyramide, à l'infamie des Iesuites, complices de l'attentat commis par Iean Chastel en la personne d'Henry le grand.

Quoy que par vos ſoings ſuperflus,
La Pyramide ne ſoit plus.
Ainſi le vray François s'anime
Contre ce deteſtable crime.
Sur qui l'on pourroit bien preſſer,
Mais ie ne veux pas y penſer;
L'ame eſt trop viuement bleſſée
D'vne ſi cruelle penſée.
Ie la quitte ESPRIT NOBLE & DOVX,
Afin de reuenir à vous,
Receués ie vous en conjure,
Tout cet ONGVENT POVR LA BRVLVRE,
Et ne me rendés pas vn bien
Qui ne me ſeruiroit de rien ;
Le feu pur & ſans artifice,
Qui m'enflame à voſtre ſeruice,
Iuſqu'à ce point s'eſt alumé,
Qu'il faut que i'en ſois conſumé.
Ie ſens bien que ſa flame excede,
Mais n'y cherchant point de remede,
I'y trouue vn plaiſir ſans égal,
Et ie veux mourir de ce mal.

www.ingramcontent.com/pod-product-compliance
Lightning Source LLC
LaVergne TN
LVHW012013160826
845678LV00002B/810

* 9 7 8 2 3 2 9 6 6 3 3 2 6 *